空山靈雨

落華生散記之一

文學研究會叢書

1932

目次

弁言

生本不樂，能夠使人覺得稍微安適的，只有躺在牀上那幾小時，但要在那短促的時間中希冀極樂，也是不可能的事。

自入世以來，屢遭變難，四方流離，未嘗寬懷就枕。在睡不着時，將心中似憶似想的事，隨感隨記；在睡着時，偶得趾離過愛，引領我到回憶之鄉，過那游離的日子，更不得不隨醒隨記。積時累日，成此小册。以其雜沓紛紜，毫無線索，故名空山靈雨。

十一年一月二十五日　落華生

心有事（開卷底歌聲）

心有事，無計問天。
　心事鬱在胸中，教我怎能安眠？
我獨對着空山，眉更不展；
　我魂飄蕩，猶如出岫殘煙。
想起前事，我淚就如珠脫串。
　獨有空山爲我下雨漣漣。
我淚珠如急雨，急雨猶如水晶箭；
　箭折，珠沈，融作山谿泉。
做人總有多少哀和怨：
　積怨成淚，淚又成川！

今日淚、雨交匯入海，海漲就要沈沒赤縣：
　累得那隻抱恨的精衞拚命去塡。
呀，精衞！你這樣做，雖經萬刼也不能遂願。
　不如咒海成冰，使他像鐵一樣堅。
那時節，我要和你相依戀，
　各人才對立着，沈嘿無言。

蟬

急雨之後，蟬翼溼得不能再飛了。那可憐的小蟲在地面慢慢地爬，好容易爬到不老的松根上頭。松針穿不牢底雨珠從千丈高處脫下來，正滴在蟬翼上。蟬嘶了一聲，又從樹底露根摔到地上了。

雨珠，你和他開玩笑麼？你看，螞蟻來了！野鳥也快要看見他了！

蛇

在高可觸天底桄榔樹下。我坐在一條石磴上，動也不動一下。穿彩衣底蛇也蟠在樹根上，動也不動一下。多會讓我看見他，我就害怕得很，飛也似地離開那里，蛇也和飛箭一樣，射入蔓草中了。

我回來告訴妻子說，『今兒險些不能再見你的面！』

『什麼原故？』

『我在樹林見了一條毒蛇：一看見他，我就速速跑回來；蛇也逃走了。……到底是我怕他，還是他怕我？』

妻子說：『若你不走，誰也不怕誰。在你眼中，他是毒蛇；在他眼中，你比他更毒呢。』

但我心裏想着，要兩方互相懼怕，有才和平。若有一方大膽一點，不是他傷了我，便是我傷了他。

笑

我從遠地冒着雨囘來。因爲我妻子心愛底一樣東西讓我找着了；我得帶囘來給她。

一進門，小丫頭爲我收下雨具，老媽子也借故出去了。我對妻子說，『相離好幾天，你悶得慌嗎？……呀，香得很！這是從那里來底？』

『窗櫺下不是有一盆素蘭嗎？』

我囘頭看，幾箭蘭花在一個汝窰鉢上開着。我說：『這盆花多會移進來底？這麼大雨天，還能開得那麼好，眞是難得啊！……可是我總不信那些花有如此底香氣。』

我們並肩坐在一張紫檀榻上。我還往下問，『良人，到底是蘭花底香，是你底香？』『到底是蘭花底香，是你底香？讓我聞一聞。』她說時，親了我一下。小丫頭看見了，掩着嘴笑，翻身揭開簾子，要往外走。

『玉耀，玉耀，囘來。』小丫頭不敢不囘來，但，仍然抿着嘴笑。

『你笑什麽？』

『我沒有笑什麽。』

我爲她們排解說，『你明知道她笑什麽，又何必問她呢，饒了她罷。』

妻子對小丫頭說，『不許到外頭瞎說。去罷，到園裏給我摘些瑞香來。』小丫頭抿着嘴出去了。

三遷

花嫂子着了魔了！她只有一個孩子，捨不得教他入學。她說：『阿同底父親是因爲念書念死的。』

阿同整天在街上和他底小伙伴玩：城市中應有的游戲，他們都玩過。他們最喜歡學警察、人犯、老爺、財主、乞丐。阿同常要做人犯，被人用繩子綑起來，帶到老爺跟前挨打。

一天，給花嫂子看見了，說，『這還了得！孩子要學壞了。我得找地方搬家。』

她帶着孩子到村莊裏住。孩子整天在阡陌間和他底小伙伴玩：村莊裏應有的游戲，他們都玩過。他們最喜歡做牛、馬、牧童、肥猪、公鷄。阿同常要做牛，被人牽着騎着，鞭着他學耕田。

一天，又給花嫂子看見了，就說，『這還了得！孩子要變畜生了。我得找地方搬家』。

她帶孩子到深山底洞裏住。孩子整天在懸崖斷谷間和他底小伙伴玩。他底小伙伴就是小生番、小獮猴、大鹿、長尾三娘、大蛺蝶。他最愛學鹿底跳躍，獮猴底攀緣，蛺蝶底飛舞。

有一天，阿同從懸崖上飛下去了。他底同伴小生番來給花嫂子報信，花嫂子說，

『他飛下去麽？那麽他就有本領了。』

呀，花嫂子瘋了！

香

妻子說：『良人，你不是愛聞香麼？我曾託人到鹿港去買上好的沈香線；現在已經寄到了。』她說着便抽出妝臺底抽屜，取了一條沈香線，燃着，再插在小宣鑪中。

我說：『在香煙繚繞之中，得有清談。給我說一個生番故事罷。不然，就給我談佛。』

妻子說：『生番故事太野了。佛更不必說，我也不會說。』

『你就隨便說些你所知道底罷。橫豎我們都不大懂得；你且說什麼是佛法罷。』

『佛法麼？——色，——聲，——香，——味，——觸，——造作，——思維，都是佛法；惟有愛聞香底愛不是佛法。』

『你又矛盾了！這是什麼因明？』

『不明白麼？因爲你一愛，便成爲你底嗜好；那香在你聞覺中，便不是本然的香了。』

願

南普陀寺裏的大石，雨後稍微覺得乾淨，不過綠苔多長一些。天涯底淡霞好像給我們一個天晴底信。樹林裏底虹氣，被陽光分成七色。樹上，雄蟲求雌底聲，淒涼得使人不忍聽下去。妻子坐在石上，見我來，就問，『你從那里來？我等你許久了。』

『我領着孩子們到海邊撿貝殼咧。阿琼撿着一個破貝，雖不完全，裏面卻像藏着珠子底樣子。等他來到，我教他拿出來給你看一看。』

『在這樹蔭底下坐着，眞舒服呀！我們天天到這里來，多麼好呢！』

妻說：『你那里能夠……？』

『爲什麼不能？』

『你應當作蔭，不應當受蔭。』

『你願我作這樣底蔭麼？』

『這樣底蔭算什麼！我願你作無邊寶華蓋，能普蔭一切世間諸有情。願你為如意淨明珠，能普照一切世間諸有情。願你為降魔金剛杵，能破壞一切世間諸障礙。願你為多寶盂蘭盆，能盛百味，滋養一切世間諸飢渴者。願你有六手，十二手，百手，千萬手，無量數那由他如意手，能成全一切世間等等美善事。』

我說：『極善，極妙！但我願做調味底精鹽，滲入等等食品中，把自己底形骸融散，且回復當時在海裏底面目，使一切有情得嘗鹹味，而不見鹽體。』

妻子說：『只有調味，就能使一切有情都滿足嗎？』

我說：『鹽底功用，若只在調味，那就不配稱為鹽了。』

山響

羣峯彼此談得呼呼地響他們底話語，給我猜着了。

這一峯說：『我們底衣服舊了，該換一換啦。』

那一峯說：『且慢罷，你看，我這衣服好容易從灰白色變成青綠色，又從青綠色變成珊瑚色和黃金色——質雖是舊的，可是形色還不舊。我們多穿一會罷。』

正在商量底時候，他們身上穿底，都出聲哀求說：『饒了我們，讓我歇歇罷。我們底形態都變盡了，再不能爲你們爭體面了。』

『去罷，去罷，不穿你們也算不得什麼。橫豎不久我們又有新的穿。』羣峯都出着氣這樣說。說完之後，那紅的、黃的彩衣就陸續褪下來。

我們都是天衣，那不可思議的靈，不曉得甚時要把我們穿着得非常破爛，才把我們收入天櫥。願他多用一點氣力，及時用我們，使我們得以早早休息。

愚婦人

從深山伸出一條蜿蜒的路，窄而且崎嶇。一個樵夫在那裏走着，一面唱：

『倉鶊，倉鶊，來年莫再鳴！
倉鶊一鳴草又生。
草木青青不過一百數十日，
到頭來，又是樵夫擔上薪。

倉鶊，倉鶊，來年莫再鳴！
倉鶊，一鳴蟲又生。
百蟲生來不過一百數十日，
到頭來，又要紛紛撲紅燈。

倉鶊，倉鶊，來年莫再鳴！

……………』

他唱時，軟和的晚煙已隨他底脚步把那小路封起來了他還要往下唱，猛然看見一個健壯的老婦人坐在溪澗邊，對着流水哭泣。

『你是誰？有什麼難過的事？說出來，也許我能幫助你。』

『我麽？唉，我……！不必問了。』

樵夫心裏以爲她一定是個要尋短見底人，急急把擔卸下，進前幾步，想法子安慰她。他說：『婦人，你有什麼難處，請說給我聽，或者我能幫助你。天色不早了，獨自一人在山中是很危險的。』

婦人說：『我從來就不知道什麼叫做難過。自從我父母死後，我就住在這樹林裏。我底親戚和同伴都叫我做石女。』她說到這里，眼淚就融下來了。往下她底話語就支離得怪難明白過一會，她才慢慢說『我……我到這兩天才知道石女底意思。』

『知道自己名字底意思更應當喜歡，爲何倒反悲傷起來？』

『我每年看見樹林裏底果木開花，結實；把種子種在地裏，又生出新果木來。我看見我底親戚，同伴們不上二年就有一個孩子抱在她們懷裏。我想我也要像這樣——不上二年就可以抱一個孩子在懷裏。我心裏這樣說，這樣盼望，到如今六十年了！我不明白，才打聽一下。呀，這一打聽，叫我多麼難過！我沒有抱孩子底希望了，……然而，我就不能像果木，比不上果木麼？』

『哈，哈哈！』樵夫大笑了。他說：『這正是你底幸運哪！抱孩子底人，比你難過得多，你爲何不往下再向她們打聽一下呢？我告訴你，不曾懷過胎底婦人是有福的。』

一個路傍素不相識底人所說底話，那里能夠把六十年底希望迷夢——立時揭破呢？到現在，她底哭聲，在樵夫耳邊，還可以約略地聽見。

詩：

蜜蜂和農人

雨剛晴，蝶兒沒有簑衣，不敢造次出來，可是瓜棚底四圍，已滿唱了蜜蜂底工夫

『彷彷，徨徨！徨徨，彷彷！
生就是這樣，徨徨，彷彷！
趁機會把蜜釀．
大家幫幫忙；
別誤了好時光．
彷彷，徨徨！徨徨，彷彷！』

蜂雖然這樣唱，那底下坐着三四個農夫却各人擔着煙管在那里閒談．

人底壽命比蜜蜂長，不必像他們那麽忙麽？未必如此．不過農夫們不懂他們底

歌就是了。但農夫們工作時，也會唱底。他們唱底是：

『村中鷄一鳴，
　陽光便上升。
太陽上昇好插秧。
禾秧要水養，
各人還爲踏車忙。
東家莫截西家水；
西家不借東家糧。
各人只爲各人忙——
「各人自掃門前雪，
不管他人瓦上霜。」』

「小俄羅斯」底兵

短籬裏頭，一棵荔枝，結實纍纍，那朱紅的果實，被深綠的葉子托住，更是美觀；主人捨不得摘他們，也許是為這個緣故。

三兩個漫游武人走來相對說，『這棵紅了，熟了，就在這里摘一點罷。』他們嫌從正門進去麻煩，就把籬笆拆開，大搖大擺地進前。一個上樹，三個在底下接；一面摘，一面嘗，眞高興呀！

屋裏跑出一個老婦人來，哀聲求他們說，『大爺們，我這棵荔枝還沒有熟哩；請別作踐他，等熟了，再送些給大爺們嘗嘗。』

樹上底人說，『胡說，你不見果子已經紅了麼？怎麼我們吃就是作踐你底東西？』

『唉，我一年底生計，都看着這棵樹，罷了，罷……』

『你還敢出聲麼？打死你算得什麼？待一會，看把你這棵不中吃底樹砍來做柴火燒，看你怎樣。有能幹，可以叫你們底人到廣東吃去。我們那里也有好荔枝。」

唉，這也是戰勝者，强者底權利麽？

愛底痛苦

在綠蔭月影底下，朗日和風之中，或急雨飄雪底時候，牛先生必要說他底眞言，『啊，拉夫斯偏！』他在三百六十日中少有不說這話底時候。

暮雨要來，帶着愁容底雲片急急飛避；不識不知的蜻蜓還在庭園間遨遊着。愛誦眞言底牛先生悶坐在屋裏，從西窗望見隔院底女友田和正抱着小弟弟玩。姊姊把孩子底手臂咬得吃緊；孩子急得哭了。姊姊才忙忙地擁抱住他，推着笑說，『乖乖，乖乖，好孩子，好弟弟，不要哭。我疼愛你，我疼愛你！不要哭』。不一會孩子底哭聲果然停了。可是弟弟剛現出笑容，姊姊又該咬他，擘他，搖他，掌他咧。

簷前底雨好像珠簾，把牛先生眼中底對象隔住。但方才那種印象，却縈迴在他眼中。他把窗戶關上，自己一人在屋裏蹀來蹀去。最後，他點點頭，笑了一聲，『哈，哈！這也是拉夫斯偏！』

他走近書桌子，坐下，提起筆來，像要寫什麼似地。想了半天，才寫上一句七言詩。他念了幾遍，就搖頭，自己說，『不好，不好。我不會做詩，還是隨便記些起來好。』

牛先生將那句詩塗掉以後，就把他底日記拿出來寫。那天他要記底事情格外多，日記裏應用底空格，他在午飯後早已填滿了。他裁了一張紙，寫着：

『黃昏大雨。田在西院弄她底弟弟，動起我一個感想；就是：人都喜歡見他們所愛者底愁苦；要想方法教所愛者難受。所愛者越難受，愛者越喜歡，越加愛。

『一切被愛底男子，在他們底女人當中，直如小弟弟在田底膝上一樣。他們也是被愛者玩弄底。

『女人底愛最難給，最容易收回去。當她把愛收回去底時候，未必不是一種游戲的衝動；可是苦了別人哪。

『唉，愛玩弄人底女人，你何苦來這一下！愚男子，你底苦惱，又活該呢？』

牛先生寫完覆看一遍，又把後面那幾句塗去說，『寫得太過了，太過了！』他把那張紙付貼在日記上，正要起身，老媽子把哭着底孩子抱出來，一面說，『姊姊不好，愛欺負人。不要哭，咱們找牛先生去。』

『姊姊打我！』這是孩子所能對牛先生說底話。

牛先生裝作可憐的聲音，憂鬱的容貌，回答說，『是麼？姊姊打你麼？來，我看看打到那步田地？』

孩子受他底撫慰，也就忘了痛苦，安靜過來了。現在吵鬧底，只剩下外間急雨底聲音。

信仰底哀傷

在更闌人靜底時候，倫文就要到池邊對他心裏所立底樂神請求說，『我怎能得着天才呢？我底天才缺乏了，我要表現的，也不能盡地表現了！天才可以像油那樣，日日添注入我這盞小燈麼？若是能，求你爲我注入些少。』

『我已經爲你注入了。』

倫先生聽見這句話，便放心回到自己底屋裏。他捨不得睡，提起樂器來，一口氣就製成一曲；自己奏了又奏，覺得滿意，才含着笑，到臥室去。

第二天早晨，他還沒有盥漱，便又把昨晚上底作品奏過幾遍；隨卽封好，教人郵到歌劇場去。

他底作品一發表出來，許多批評隨着在報上登載八九天。那些批評都很恭維他；說他是這一派，那一派。可是他又苦起來了！

在深夜底時候，他又到池邊去，垂頭喪氣地對着池水，從口中發出顫聲說，『我所用底音節，不能達我底意思麼？呀，我底天才丟失了！再給我注入一點罷。』

『我已經爲你注入了。』

他屢次求，心中只聽得這句回答。每一作品發表出來，所得底批評，每每使他憂鬱不樂。最後，他把樂器摔碎了，說，『我信我底天才丟了，我不再作曲子了。唉，我所依賴底，枉費你眷顧我了。』

自此以後，社會上再不能享受他底作品；他也不曉得往那里去了。

暗途

『我底朋友，且等一等，待我爲你點着燈，才走。』

吾威聽見他底朋友這樣說便笑道，『哈哈，均哥，你以我爲女人麼？女人在夜間走路才要用火；男子，又何必呢？不用張羅，我空手回去罷，——省得以後還要給你送燈回來。』

吾威底村莊和均哥所住底地方隔着幾重山，路途崎嶇得很厲害。若是夜間要走那條路，無論是誰，都得帶燈。所以均哥一定不讓他暗中摸索回去。

均哥說：『你還是帶燈好。這樣底天氣，又沒有一點月影，在山中難保沒有危險。』

吾威說：『若想起危險，我就回去不成了……』

『那麼，你今晚上就住在我這里，如何？』

『不，我總得回去，因爲我底父親和妻子都在那邊等着我呢。』

「你這個人，太過執拗了。沒有燈，怎麽去呢？」均哥一面說，一面把點着底燈切切地遞給他；他仍是堅辭不受。

他說：「若是你定要叫我帶着燈走，那教我更不敢走。」

「怎麽呢？」

「滿山都沒有光，若是我提着燈走，也不過是照得三兩步遠；且要累得滿山底昆蟲都不安。若湊巧遇見長蛇也衝着火光走來，可又怎辦呢？再說，這一點的光可以把那照不着底地方越顯得危險，越能使我害怕。在半途中，燈一熄滅，那就更不好辦了。不如我空着手走，初時雖覺得有些妨礙，不多一會，什麽都可以在幽暗中辨別一點。」

他說完，就出門。均哥還把燈提在手裏，眼看着他向密林中那條小路穿進去，才搖搖頭說：「天下竟有這樣怪人！」

吾威在暗途中走着，耳邊雖常聽見飛蟲、野獸底聲音，然而他一點害怕也沒有。

在蔓草中，時常飛些螢火出來，光雖不大，可也夠了。他自己說：『這是均哥想不到，也是他所不能爲我點底燈。』

那晚上他沒有跌倒；也沒有遇見毒蟲野獸；安然地到他家裏。

你為什麽不來

在夭桃開透，濃陰欲成底時候，誰不想伴着他心愛的人出去游逛游逛呢？在密雲不飛，急雨如注底時候，誰不願在深閨中等她心愛的人前來細談呢？

她悶坐在一張睡椅上，紊亂的心思像窗外底雨點——東抛，西織，來回無定。在有意無意之間，又順手拿起一把九連環慵懶懶地解着。

丫頭進來說，『小姐，茶點都預備好了。』

她手裏還是慵懶懶地解着，口裏却發出似答非答底聲，『……他爲什麽還不來？』

除窗外底雨聲和她手中輕微的銀環聲以外，屋裏可算靜極了！在這幽靜的屋裏，忽然從窗外伴着雨聲送來幾句優美的歌曲：

『你放聲哭，

因爲我把林中善鳴的鳥籠住麼?
你飛不動,
因爲我把空中底雁射殺麼?
你不敢進我底門,
因爲我家養狗隄防客人麼?
因爲我家養貓捕鼠,
你就不來麼?
因爲我底燈火沒有籠罩,
燒死許多美麗的昆蟲
你就不來麼?
你不肯來,
因爲我有……?」

『有什麼呢?』她聽到末了這句,那紊亂的心就發出這樣的問。她心中接着想:因爲我約你,所以你不肯來;還是因爲大雨,使你不能來呢?

海

我底朋友說：『人底自由和希望，一到海面就完全失掉了！因爲我們太不上算，在這無涯浪中無從顯出我們有限的能力和意志。』

我說：『我們浮在這上面，眼前雖不能十分如意，但後來要遇着底，或者超乎我們底能力和意志之外。所以在一個風狂浪駭底海面上，不能準說我們要到什麼地方就可以達到什麼地方；我們只能把性命先保持住，隨着波濤顛來播去便了。』

我們坐在一隻不如意的救生船裏，眼看着載我們到半海就毀壞底大船漸漸沈下去。

我底朋友說：『你看，那要載我們到目的地底船快要歇息去了！現在在這茫茫的空海中，我們可沒有主意啦。』

幸而同船底人，心憂得很，沒有注意聽他底話。我把他底手搖了一下說，『朋友，這是你縱談底時候麽？你不幫着划槳麽？』

『划槳麽？這是容易的事。但要划到那里去呢？』

我說：『在一切的海裏，遇着這樣的光景，誰也沒有帶着主意下來，誰也脫不了在上面泛來泛去。我們儘管划罷。』

梨花

她們還在園裏玩，也不理會細雨絲絲穿入她們底羅衣。池邊梨花底顏色被雨洗得更白淨了。但朵朵都嬾嬾地垂着。

姊姊說：『你看，花兒都倦得要睡了！』

『待我來搖醒他們。』

姊姊不及發言，妹妹底手早已抓住樹枝搖了幾下。花瓣和水珠紛紛地落下來，鋪得銀片滿地，煞是好玩。

妹妹說：『好玩啊，花瓣一離開樹枝，就活動起來了！』

『活動什麽？你看花兒底淚都滴在我身上哪。』姊姊說這話時，帶着幾分怒氣，推了妹妹一下。她接着說：『我不和你玩了；你自己在這里罷。』

妹妹見姊姊走了，直站在樹下出神。停了半晌，老媽子走來，牽着她，一面走着，說，

『你看，你底衣服都溼透了；在陰雨天，每日要換幾次衣服，教人到那里找太陽給你曬去呢？』

落下來底花瓣，有些被她們底鞋印入泥中；有些黏在妹妹身上，被她帶走；有些浮在池面，被魚兒啣入水裏。那多情的燕子不歇把鞋印上底殘瓣和軟泥一同啣在口中，到梁間去構成他們底香巢，

難解決的問題

我叫同伴到釣魚磯去賞荷，他們都不願意去，剩我自己走着。我走到清佳堂附近，就坐在山前一塊石頭上歇息。在瞻顧之間，小山後面一陣唧咕的聲音夾着蟬聲送到我耳邊。

誰願意在優游的天日中故意要找出人家底祕密呢？然而宇宙間底祕密都從無意中得來。所以在那時候，我不離開那里，也不把兩耳掩住，任憑那些聲浪在耳邊盪來盪去。

鬭頭一聲，我便聽得，『這實是一個難解決的問題。……』

既說是難解決，自然要把怎樣難底理由說出來。這理由無論是局內、局外人都愛聽底。以前的話能否鑽入我耳裏，且不用說，單是這一句，使我不能不注意。

山後底人接下去說，『在這三位中，你說要那一位才合式？……梅說要等我十年；白說要等到我和別人結婚那一天；區說非嫁我不可，——她要終身等我。』

『那麼，你就要區罌。』

『但是梅底景況，我很了解。她底苦衷，我應當原諒。她能爲了我犧牲十年底光陰，從她底境遇看來，無論如何，是很可敬底。設使梅居區底地位，她也能說要終身等我？』

『那麼，梅、區都不要，要白如何？』

『白麼？也不過是她底環境使她這樣達觀。設使她處着梅底景況，她也只能等我十年。』

會話到這里就停了。我底注意只能移到池上，靜觀那被輕風搖擺底芰荷。呀，葉底那對小鴛鴦正在那里歇午哪！不曉得他們從前也曾解決過方才的問題沒有？不上一分鐘，後面底聲音又來了。

『那麼，三個都要如何？』

『笑話，就是沒有理性底獸類也不這樣辦。』

又停了許久。

『不經過那些無用的禮節，各人快活地同過這一輩子不成嗎？』

『唔……唔……唔……。這是後來的話，且不必提，我們先解決目前底困難罷。我實不肯故意辜負了三位中底一位。我想用拈鬮底方法瞎挑一個就得了。』

『這不更是笑話麼？人間那有這麼新奇的事！她們三人中誰願意遵你底命令，這樣辦呢？』

他們大笑起來。

『我們私下先拈一拈，如何？你權當做白，我自己權當做梅，剩下是區底分。』

他們由嚴重的密語化爲滑稽的談笑了。我怕他們要鬧下坡來，不敢逗留在那里，只得先走。釣魚磯也沒去成。

愛就是刑罰

『這什麼時候了，還埋頭在案上寫什麼？快同我到海邊去走走罷．』

丈夫儘管寫着，沒站起來，也沒抬頭對他妻子行個「注目笑」底禮．妻子跑到身邊，要搶掉他手裏底筆；他才說，『對不起，你自己去罷．船，明天一早就要開，今晚上我得把這幾封信趕出來；十點鐘還要送到船裏底郵箱去．』

『我要人伴着我到海邊去．』

『請七姨子陪你去．』

『七妹子說我嫁了，應當和你同行；她和別的同學先去了．我要你同我去．』

『我實在對不起你，今晚不能隨你出去．』他們爭執了許久，結果還是妻子獨自出去．

丈夫低着頭忙他底事體，足有四點鐘工夫．那時已經十一點了．他沒有進去看看那新婚的妻子囘來了沒有，披起大衣大踏步地出門去。

他囘來，還到書房裏檢點一切，才進入臥房。妻子已先睡了。他們底約法；睡遲底人得親過先睡者底嘴才許上床。所以這位少年走到床前，依法親了妻子一下。妻子急用手在脣邊來囘擦了幾下。那意思是表明她不受這個接吻。

丈夫不敢上床，獃獃地站在一邊。一會，他走到窗前，兩手支着下頷，點點底淚滴在窗櫺上。他說：『我從來沒受過這樣刑罰！……你底愛，到底在那里？』

『你說愛我，方才爲什麽又刑罰我，使我孤另？』妻子說完，隨卽起來，安慰他說，『好人，不要當眞，我和你鬧玩哪。愛就是刑罰，我們能免掉麽？』

債

他一向就住在妻子家裏，因爲他除妻子以外，沒有別的親戚。妻家底人愛他底聰明，也憐他底伶仃，所以萬事都尊重他。

他底妻子早已去世，膝下又沒有子女。他底生活就是念書、寫字，有時還彈彈七絃。他決不是一個書獃子，因爲他常要在書內求理解，不像書獃子只求多念。

妻子底家裏有很大的花園供他游玩；有許多奴僕聽他使令。但他從沒有特意到園裏游玩；也沒有呼喚過一個僕人。

在一個陰鬱的天氣裏，人無論在什麼地方都不舒服底。岳母叫他到屋裏閒談，不曉得爲什麼緣故就勸起他來。岳母說：『我覺得自從儷兒去世以後，你就比前格外客氣。我勸你毋須如此，因爲外人不知道都要怪我。看你穿成這樣，還不如家裏底僕人，若有生人來到，叫我怎樣過得去？儻或有人欺負你，說你這長那短，儘可以告訴我，我責罰他給你看。』

『我那里懂得客氣？不過我只覺得我欠底債太多，不好意思多要什麼。』

『什麼債？有人問你算帳麼？唉，你太過見外了！我看你和自己底子姪一樣，你短了什麼，儘管問管家底要去；若有人敢說閒話；我定不饒他。』

『我所欠底是一切的債，我看見許多貧乏人、愁苦人，就如該了他們無量數的債一般。我有好的衣食，總想先償還他們。世間若有一個人喫不飽足，穿不煖和，住不舒服，我也不敢公然獨享這具足的生活。』

『你說得太玄了！』她說過這話，停了半晌才接着點頭說，『很好，這才是讀書人「先天下之憂而憂」底精神。……然而你要什麼時候才還得清呢？你有清還底計畫沒有？』

『唔……唔……』他心裏從來沒有想到這個，所以不能回答。

『好孩子，這樣的債，自來就沒有人能還得清，你何必自尋苦惱？我想，你還是做一個小小的債主罷。說到具足生活，也是沒有涯岸底：我們今日所謂具足，焉知不是明日底缺陷？你多念一點書就知道生命即是缺陷底苗圃，是煩惱底秧田；若要補修缺陷，拔除煩惱，除棄絕生命外，沒有別條道路。然而，我們那能辦得到？個個人都那麼怕死！你不要作這種非非想，還是順着境遇做人去罷。』

『時間，……計畫，……做人，……』這幾個字從岳母口裏發出，他底耳鼓就如受了極猛烈的椎擊。他想來想去，已想昏了。他爲解决這事，好幾天沒有出來。

那天早晨，女傭端粥到他房裏，沒見他，心中非常疑惑。因爲早晨他沒有什麼地方可去：海邊呢？他是不輕易到底。花園呢？他更不願意在早晨去。因爲丫頭們都在那個時候到園裏爭摘好花去獻給她們幾位姑娘。他最怕見底是人家毀壞現成的東西。

女傭四圍一望，驀地看見一封信被留針刺在門上。她忙取下來，給別人一看，原來是給老夫人底。

她把信拆開，遞給老夫人。上面寫着：

『親愛的岳母：

你問我底話，教我實在想不出好回答。而且，因你這一問，使我越發覺得我所負底債更重。我想做人若不能還債，就得避債，決不能教債主把他揪住，使他受苦。若論還債，依我底力量、才能，是不濟事底。我得出去找幾個幫忙底人。如果不能找着，再想法子。現在我去了，多謝你栽培我這麽些年。我底前途，望你記念；我底往事，願你忘卻。我也要時時祝你平安。

壻容融留字』

老夫人念完這信，就非常愁悶。以後，每想起她底女壻便好幾天不高興。但不高興，儘管不高興，女壻至終沒有回來。

暾將出兮東方

在山中住，總要起得早，因爲似醒非醒地眠着，是山中各樣的朋友所憎惡底。破曉起來，不但可以靜觀彩雲底變幻，和細聽鳥語底婉轉；有時還從山巔樹表，溪影村容之中給我們許多不可說不可說的愉快。

我們住在山壁簷才閣裏，有一次，在曙光初透底時候，大家還在床上眠着，耳邊恍惚聽見一隊童男女底歌聲唱道：

「榻上人，應覺悟！
曉雞頻催三兩度。
君不見
「暾將出兮東方，」
微光已透前村樹？

榻上人，應覺悟！』

往後又跟着一節和歌：

『暾將出兮東方！

暾將出兮東方！

會見新曦被四表，

使我樂兮無央。』

那歌聲還接着往下唱，可惜離遠了，不能聽得明白。

嘯虛對我說：『這不是十年前你在學校裏教孩子唱底麼？怎麼會跑到這里唱起來？』

我說：『我也很詫異；因爲這首歌，連我自己也早已忘了。』

『你底暮氣滿面，當然會把這歌忘掉。我看你現在要用讚美光明底聲音去讚美黑暗哪。』

我說：『不然，不然。你何嘗了解我？本來，黑暗是不足詛咒，光明是毋須讚美底。光明不能增益你什麼，黑暗不能妨害你什麼，你以何因緣而生出差別心來？若說要讚美底話：在早晨就該讚美早晨；在日中就該讚美日中；在黃昏就該讚美黃昏；在長夜就該讚美長夜；在過去、現在、將來一切時間，就該讚美過去、現在、將來一切時間。說到詛咒，亦復如是。』

那時，朝曦已射在我們臉上，我們立卽起來，計畫那日底游程。

鬼讚

你們曾否在淒涼的月夜聽過鬼讚？有一次，我獨自在空山裏走，除遠處寒潭底魚躍出水聲略可聽見以外，其餘種種，都被月下底冷露幽閉住。我底衣服極其潤溼，我兩腿也走乏了。正要轉回家中，不曉得怎樣就經過一區死人底聚落。我因疲極，才坐在一個祭壇上少息。在那里，看見一羣幽魂高矮不齊，從各墳墓裏出來。他們彷彿沒有看見我，都向着我所坐底地方走來。

他們從這墓走過那墓，一排排地走着，前頭唱一句，後面應一句，和舉行什麼巡禮一樣。我也不覺得害怕，但靜靜地坐在一旁，聽他們底唱和。

第一排唱：『最有福底是誰？』

往下各排挨着次序應。

『是那曾用過視官，而今不能辨明暗底。』

『是那曾用過聽官，而今不能辨聲音底.』

『是那曾用過鼻官，而今不能辨香味底.』

『是那曾用過味官，而今不能辨苦甘底.』

『是那曾用過觸官，而今不能辨粗細、冷煖底.』

各排應完，全體都唱：『那棄絕一切感官底有福了！我們底髑髏有福了！』

第一排底幽魂又唱：『我們底髑髏是該讚美底.我們要讚美我們底髑髏.』

領首底唱完，還是挨着次序一排排地應下去.

『我們讚美你，因爲你哭底時候，再不流眼淚.』

『我們讚美你，因爲你發怒底時候，再不發出緊急的氣息.』

『我們讚美你，因爲你悲哀底時候再不縐眉.』

『我們讚美你，因爲你微笑底時候，再沒有嘴脣遮住你底牙齒.』

『我們讚美你，因爲你聽見讚美底時候再沒有血液在你底脈裏顫動.』

『我們讚美你，因爲你不肯受時間底播弄。』

全體又唱：『那棄絕一切感官底有福了！我們底髑髏有福了！』

他們把手舉起來一同唱：

『人哪，你在當生、來生底時候，有淚就得盡量流；有聲就得盡量唱；有苦就得盡量嘗；有情就得盡量施；有欲就得盡量取；有事就得盡量成就。等到你疲勞，等到你歇息底時候，你就有福了！』

他們誦完這段，就各自分散。一時，山中睡不熟底雲直望下壓，遠地底丘陵都給埋沒了。我險些兒也迷了路途，幸而有斷斷續續的魚躍出水聲從寒潭那邊傳來，使我稍微認得歸路。

萬物之母

在這經過離亂底村裏，荒屋破籬之間，每日只有幾縷零零落落的炊烟冒上來；那人口底稀少可想而知。你一進到無論那個村裏，最喜歡遇見底是不是村童在阡陌間或園圃中跳來跳去，或走在你前頭，或隨着你步後模仿你底行動？村裏若沒有孩子們，就不成村落了。在這經過離亂底村裏，不但沒有孩子，而且有向你要求孩子！

這里住着一個不滿三十歲底寡婦，一見人來，便要求說，『善心善行的人，求你對那位總爺說，把我底兒子給回。我那穿虎紋衣服，戴虎兒帽底便是我底兒子』。

他底兒子被亂兵殺死已經多年了。她從不會忘記：總爺把無情的劍拔出來底時候，那穿虎紋衣服底可憐兒還用雙手招着，要她摟抱。她要跑去接底時候，她底精神已和黃昏底霞光一同麻痹而熟睡了。唉，最慘的事豈不是人把寡婦懷裏底獨生子奪過去，且在她面前害死嗎？要她在醒後把這事完全藏在她記憶底多寶箱裏，可以說，比剖芥子來藏須彌還難。

她底屋裏排列了許多零碎的東西；當時她兒子玩過底小囝也在其中。在黃昏時候，她每把各樣東西抱在懷裏說，『我底兒，母親豈有不救你，不保護你底？你現在在我懷裏咧。不要作聲，看一會人來又把你奪去。』可是一過了黃昏，她就立刻醒悟過來，知道那所抱底不是她底兒子。

那天，她又出來找她底「命」。月底光明矇着她，使她在不知不覺間進入村後底山裏。那座山，就是白天也少有人敢進去，何況在盛夏底夜間，雜草把樵人底小徑封得那麼嚴！她一點也不害怕，攀着小樹，緣着蔦蘿，慢慢地上去。

她坐在一塊大石上歇息，無意中給她聽見了一兩聲底兒啼。她不及判別，便說，『我底兒，你藏在這里麼？我來了，不要哭啦。』

她從大石下來，隨着聲音底來處，爬入石下一個洞裏。但是裏面一點東西也沒有。她很疲乏，不能再爬出來，就在洞裏睡了一夜。

第二天早晨，她醒時，心神還是非常恍惚。她坐在石上，耳邊還留着昨晚上底兒啼聲。這當然更要動她底心，所以那方從霱雲被裏攢出來底朝陽無力把她臉上和鼻端底珠露曬乾了。她在瞻顧中，才看出對面山岩上坐着一個穿虎紋衣服底孩子。可是她看錯了！那邊坐着底，是一隻虎子；他底聲音從那邊送來很像兒啼。她立即離開所坐底地方，不管當中所隔底谷有多麼深，儘管攀緣着，向那邊去。不幸早露未乾，所依附底都很溼滑，一失手，就把她溜到谷底。

她昏了許久才醒回來。小傷纔免不了，卻還能夠走動。她爬着，看見身邊暴露了一付小髑髏。

『我底兒，你方才不是還在山上哭着麼？怎麼你母親來得遲一點，你就變成這樣？』她把髑髏抱住，說：『呀，我底苦命兒，我怎能把你醫治呢？』悲苦儘管悲苦，然而，自她丟了孩子以後，不能不算這是她第一次底安慰。

從早晨直到黃昏，她就坐在那里，不但不覺得餓，連水也沒喝過。零星幾點，已懸在天空，那天就在她底安慰中過去了。

她忽想起幼年時代人家告訴她底神話，就立起來說，『我底兒，我抱你上山頂，先爲你摘兩顆星星下來，嵌入你底眼眶，教你看得見；然後給你找香象底皮肉來補你底身體。可是你不要再哭，恐怕給人聽見，又把你奪過去。』

『敬姑，敬姑。』找她底人們在滿山中這樣叫了好幾聲，也沒有一點影響。

『也許她被那隻老虎吃了。』

『不，不對。前晚那隻老虎是跑下來捕雲哥圈裏底牛犢被打死底。如果那東西把敬姑吃了，决不再下山來赴死。我們再進深一點找罷。』

唉，他們底工夫白費了！縱然找着她，若是她還沒有把星星抓在手裏，她心裏怎能平安，怎肯隨着他們回來？

春底林野

春光在萬山環抱裏，更是洩漏得遲。那里底桃花還是開着；漫游底薄雲從這峯飛過那峯，有時稍停一會，爲底是擋住太陽，教地面底花草在他底蔭下避避光燄底威嚇。

岩下底蔭處和山谿底旁邊滿長了薇蕨和其他鳳尾草。紅、黃、藍、紫的小草花點綴在綠茵上頭。

天中底雲雀，林中底金鶯，都鼓起他們底舌簧。輕風把他們底聲音擠成一片，分送給山中各樣有耳無耳底生物。桃花聽得入神，禁不住落了幾點粉淚，一片一片凝在地上。小草花聽得大醉，也和着聲音底節拍一會倒，一會起，沒有鎮定底時候。

林下一班孩子正在那里檢桃花底落瓣哪。他們檢着，清兒忽嚷起來道：『嘎，邕邕來了！』衆孩子住了手，都向桃林底盡頭盼望。果然邕邕也在那里摘草花。

清兒道：『我們今天可要試試阿桐底本領了。若是他能辦得到，我們都把花瓣穿成一串瓔珞圍在他身上，封他爲大哥如何？』

衆人都答應了。

阿桐走到邕邕面前，道，『我們正等着你來呢。』阿桐底左手盤在邕邕底脖上，一面走一面說，『今天他們要替你辦嫁妝，教你做我底妻子。你能做我底妻子麽？』邕邕狠視了阿桐一下，回頭用手推開他，不許他底手再搭在自己脖上。孩子們都笑得支持不住了。

衆孩子嚷道：『我們見過邕邕用手推人了！阿桐贏了！』

邕邕從來不會拒絕人，阿桐怎能知道一說那話，就能使她動手呢？是春光底蕩漾，把他這種心思泛出來呢？或者，天地之心就是這樣呢？

你且看：漫游底薄雲還是從這峯飛過那峯。

你且聽：雲雀和金鶯底歌聲還佈滿了空中和林中．在這萬山環抱底桃林中，除那班愛鬧的孩子以外，萬物把春光領略得心眼都迷朦了．

花香霧氣中底夢

在覆茅塗泥底山居裏，那阻不住底花香和霧氣從疎簾竄進來，直撲到一對夢人身上。妻子把丈夫搖醒，說，『快起罷，我們底被褥快溼透了。怪不得我總覺得冷，原來太陽被囚在濃霧底監獄裏不能出來。』

那夢中底男子，心裏自有他底溫煖，身外底冷與不冷他毫不介意。他沒有睜開眼睛便說，『嗳呀，好香！許是你桌上底素馨露洒了罷？』

『那里？你還在夢中哪。你且睜眼看簾外底光景。』

他果然揉了眼睛，擁着被坐起來，對妻子說，『怪不得我淨夢見一羣女子在微雨中游戲。若是你不叫醒我，我還要往下夢哪。』

妻子也擁着她底絨被坐起來說：『我也有夢。』

『快說給我聽。』

『我夢見把你丟了。我自己一人在這山中遍處找尋你，怎麼也找不着。我越過山後，只見一個美麗的女郎挽着一籃珠子向各樹底花葉上頭亂撒。我上前去向她問你底下落，她笑着問我「他是誰，找他幹什麼？」我當然回答他是我底丈夫，——』

『原來你在夢中也記得他！』他笑着說這話，那雙眼睛還顯出很滑稽的樣子。

妻子不喜歡了。她轉過臉背着丈夫說，『你說什麼話！你老是要挑剔人家底話語，我不往下說了。』她推開絨被，隨即呼喚了頭預備臉水。

丈夫速把她揪住，央求說，『好人，我再不敢了。你往下說罷，以後若再饒舌，情願挨罰。』

『誰希罕罰你？』妻子把這次底和平抑洗了。她往下說：

『那女人對我說，你在山前柚花林裏藏着。我那時又像把你忘了。……』

『哦，你又……。不，我應許過不再說什麼底；不然，我就要挨罰了。你到底找着我沒有？』

『我沒有向前走，只站在一邊看她撒珠子。說來也很奇怪：那些珠子黏在各花葉上都變成五彩的零露，連我底身體也沾滿了。我忍不住，就問那女郎。女郎說，「東西還是一樣，沒有變化；因爲你底心思前後不同，所以覺得變了。你認爲珠子，是在我撒手之前；因爲你想我這籃子決不能盛得露水。你認爲露珠時，在我撒手之後，因爲你想那些花葉不能留住珠子。我告訴你：你所認底不在東西，乃在使用東西底人和時間。你所愛底，不在體質，乃在體質所表底情。你怎樣愛月呢？是愛那懸在空中已經老死底暗球麼？你怎樣愛雪呢？是愛他那種砭人肌骨底凜冽麼？」』

『她一說到雪，我打了一個寒噤，便醒起來了。』

丈夫說：『到底沒有找着我。』

妻子一把抓住他底頭髮，笑說，『這不是找着了嗎？……我說，這夢怎樣？』

『凡你所夢都是好的。那女郎底話也是不錯。我們最愉快底時候豈不是在接吻後，彼此底凝視嗎？』他向妻子癡笑。妻子把絨被拿起來，蓋在他頭上，說，『惡鬼！這會可不讓你有第二次底凝視了.」

荼蘼

我常得着男子送給我底東西，總沒有當他們做寶貝看。我底朋友師松却不如此，因爲她從不曾受過男子底贈與。

自鳴鐘敲過四下以後，山上禮拜寺底聚會就完了。男男女女像出圈底羊爭要下到山坡覓食一般，那邊有一個男學生跟着我們走，他底正名字我忘記了，我只記得人家都叫他做「宗之。」他手裏拿着一枝荼蘼，且行且嗅。荼蘼本不是香花，他嗅着，不過是一種無聊舉動便了。

『松姑娘，這枝荼蘼送給你。』他在我們後面嚷着。松姑娘回頭看見他滿臉堆着笑容遞着那花，就速速伸手去接。她接着說：『很多謝，很多謝。』宗之只笑着點點頭，隨即從西邊底山徑轉回家去。

『他給我這個，是什麽意思？』

『你想他有什麼意思，他就有什麼意思。』我這樣回答她。走不多遠，我們也分途各自家去了。

她自下午到晚上不歇把弄那枝蘼蘼。那花像有極大的魔力，不讓她撒手一樣。她要放下時，每覺得花兒對她說，『為什麼離奪我？我不是從宗之手裏遞給你，交你照管底嗎？』

呀，宗之底眼、鼻、口、齒、手、足、動作，沒有一件不在花心跳躍着，沒有一件不在她眼前底花枝顯現出來！她心裏說，「你這美男子，為甚緣故送給我這花兒？」她又想起那天經壇上底講章，就自己回答說，『因為他顧念他使女底卑微，從今而後，萬代要稱我為有福。』

這是她愛蘼蘼花，還是宗之愛他呢？我也說不清，只記得有一天我和宗之正在坐在榕根談話底時候，他家底人跑來對他說，『松姑娘喫了一朵什麼花，說是你給她底，現在病了。她家底人要找你去問話咧。』

他嚇了一跳，也摸不着頭腦，只說，『我那時節給她東西嗄？這眞是……！』

我說：『你細想一想。』他怎麼也想不起來。我才提醒他說，『你前個月在斜道上不是給了她一朵藤蘿嗎？』

『對呀，可不是給了她一朵藤蘿！可是我那里教她嗄了呢？』

『爲什麼你單給她，不給別人？』我這樣問他。

他很直截地說：『我並沒有什麼意思，不過隨手摘下，隨手送給別人就是了。我平素送了許多東西給人，也沒有什麼事；怎麼一朵小小的藤蘿就可使她着了魔？』

他還坐在那里沈吟，我便促他說，『你還能在這里坐着麼？不管她是誤會，你是有意，你既然給了她，現在就得去看她一看才是。』

『我那有什麼意思？』

我說：『你且去看看罷。蚌蛤何嘗立志要生珠子呢？也不過是外間的沙粒偶然滲入他底殼裏，他就不得不用盡工夫分泌些黏液把那小沙裹起來罷了。你雖無心，可是你底花一到她手裏，管保她不因花而愛起你來嗎？你敢保她不把那花當做你所賜給愛底標識，就納入她底懷中，用心裏無限的情思把他圍繞得非常嚴密嗎？也許她本無心，但因你那美意底沙無意中掉在她愛底貝殼裏，使她不得不如此。不用躊躇了，且去看看罷。

宗之這才站起來，綴一綴他那副冷靜的臉龐，跟著來人從林菁底深處走出去了。

七寶池上底鄉思

彌陀說，『極樂世界底池上，
　何來淒切的泣聲？
迦陵頻迦，你下去看看
　是誰這樣猖狂。』
於是迦陵頻迦鼓着翅膀，
　飛到池邊一棵寶樹上，
　還歇在那里，引頸下望：
『咦，佛子，你豈忘了這里是天堂？
　你豈不愛這里底寶林成行：
　　樹上底花花相對，

葉葉相當?

你豈不聞這里有等等妙音充耳;
豈不見這里有等等莊嚴寶相?
住這樣具足的樂土,
爲何儘自悲傷?』

坐在寶蓮上底少婦還自啜泣,合掌回答說:

『大士,這里是你底家鄉,
在你,當然不覺得有何等苦況.
我底故土是在人間,
怎能敎我不哭着想?

『我要來底時候,

我全身都冷却了.
但我底夫君，還用他温煖的手將我摟抱;
　　用他融溶的淚滴在我額頭.

「我要來底時候，
　　我全身都挺直了;
　　但我底夫君，還把我底四肢來回曲撓.

「我要來底時候，
　　我全身底顏色，已變得直如死灰;
　　但我底夫君還用指頭壓我底兩頰，
　　看看從前的粉紅色能否復回.

『現在我整天坐在這里，
　不時聽見他底悲啼。
唉，我額上底淚痕，
我臂上底煖氣，
我臉上底顏色，
我全身底關節，
　都因着我夫君底聲音，
　　燒起來，溶起來了！
　我指望來這里享受快樂，
　　現在反憔悴了！

「呀，我要回去，
　我要回去，
　我要回去止住他底悲啼。
　我巴不得現在就回去止住他底悲啼。」

迦陵頻迦說：
「你且靜一靜，
　我爲你吹起天笙，
把你心中愁悶的壘塊平一平；
　且化你耳邊底悲啼爲歡聲。
你且靜一靜，
　我爲你吹這天笙。

「你底聲不能變爲愛底噴泉，
　不能滅我身上一切愛痕底烈燄；
　也不能變爲忘底深淵，
　　使他將一切情愫投入裏頭，
　　　不再將人惦念，
我還得回去和他相見，
　去解他底眷戀。」

「呵，你這樣有情，
　誰還能對你勸說
　　向你攔禁？
回去罷，須記得這就是輪迴因。」

彌陀說：『善哉，迦陵！
你乃能爲她說這大因緣！
縱然碎世界爲微塵，
這微塵中也住着無量有情。
所以世界不盡，有情不盡；
有情不盡，輪迴不盡；
輪迴不盡，濟度不盡；
濟度不盡，樂土乃能顯現不盡。

話說完，蓮瓣漸把少婦裹起來，再合成一朵菡萏低垂着。微風一吹，他荏弱得支持不住，便墮入池裏。

迦陵頻迦好像記不得這事,在那花花相對,葉葉相當底林中,向着別的有情歌唱去了.

銀翎底使命

黃先生約我到獅子山麓陰濕的地方去找捕蠅草。那時剛過梅雨之期，遠地青山還被煙霞蒸着，惟有幾朵山花在我們眼前澹定地看那在溪澗裏逆行底魚兒喋着他們底殘瓣。

我們沿着溪澗走。正在找尋底時候，就看見一朵大白花從上游順流而下。我說：「這時候，那有偌大的白荷花流着呢？」

我底朋友說：『你這近視鬼！你準看出那是白荷花麼？我看那是……』

說時遲，來時快，那白的東西已經流到我們跟前。黃先生急把采集網攔住水面；那時，我才看出是一隻鴿子。他從網裏把那死的飛禽取出來，詫異說，『是誰那麼不仔細，把人家底傳書鴿打死了！』他說時，從鴿翼下取出一封來長底小信來。那信已被水浸透了；我們慢慢把他展開，披在一塊石上。

『我們先看看這是從那里來，要寄到那里去底，然後給他寄去，如何？』我一面說，一面看着。但那上頭不特地址沒有，甚至上下底款識也沒有。

黃先生說：『我們先看看裏頭寫底是什麽，不必講私德了。』

我笑着說：『是，是沒有名字底信就是公的；所以我們也可以披閱一遍。』

於是我們一同念着：

『你教崑兒帶銀翎，翠翼來，吩咐我，若是他們空着回去，就是我還平安底意思。我恐怕他知道，把這兩隻小寶貝寄在霞妹那里；誰知道前天她開籠擱飼料底時候，不提防把翠翼放走了！

噯，愛者，你看翠翼沒有帶信回去，定然很安心，以爲我還平安無事。我也很盼望你常想着我底精神和去年一樣。不過現在不能不對你說底，就是過幾天人就要把我接去了！我不得不叫你速速來和他計較。你一來，什麽事都好辦了。因爲他怕底是你和他講理。

噯，愛者，你見信以後，必得前來，不然，就見我不着；以後只能在纍纍荒塚中讀我底名字了，這不是我不等你，時間不讓我等你喲！

我盼望銀翎平平安安地帶着他底使命回去。」

我們念完，黃先生道，『這是怎麼一回事？』

『誰能猜呢？反正是不幸的事罷了。現在要緊的，就是怎樣處置這封信。我想把他貼在樹上，也許有知道這事底人經過這里，可以把他帶去。』我搖着頭，且輕輕地把信揭起。

黃先生說：『不如拿到村裏去打聽一下，或者容易找出一點線索。』

我們商量之下，就另鈔一張起來，仍把原信繫在鴿翼底下。黃先生用採掘鐵子在溪邊挖了一個小坑，把鴿子葬在裏頭。回頭爲他立了一座小碑，且從水中淘出幾塊美麗的小石壓在墓上。那墓就在山花盛開底地方，我一翻身，就把些花瓣搖下來，也落在這使者底墓上。

美底牢獄

嬿求正在鏡台邊理她底晨妝，見她底丈夫從遠地回來，就把頭擺住，問道，『我所需要底你都給帶回來了沒有？』

『對不起！你雖是一個建築師或泥水匠，能爲你自己建築一座「美底牢獄；」我却不是一個轉運者，不能爲你搬運等等材料。』

『你念書不是念得越糊塗，便是越高深了！怎麼你底話，我一點也聽不懂？』

丈夫含笑說：『不懂麼？我知道你開口愛美，閉口愛美，多方地要求我給你帶等等裝飾回來；我想那些東西都圍繞在你底體外，合起來豈不是成爲一座監禁你底牢獄嗎？』

她靜默了許久，也不做聲。她底丈夫往下說，『妻呀，我想你還不明白我底意思：我想所有美麗的東西，只能讓他們散佈在各處，我們只能在他們底出處愛他們；若是把他們聚攏起來，擱在一處，或在身上，那就不美了……』

她睜着那雙柔媚的眼，搖着頭說，『你說得不對，你說得不對。若不剖蚌，怎能得着珠璣呢？若不開山，怎能得着金剛、玉石、瑪瑙等等寶物呢？而且那些東西本來不美，必得人把他們琢磨出來，加以裝飾，才能顯得美麗咧。若說我要裝飾，就是建築一所美底牢獄，且把自己監在裏頭，且問誰不被監在這種牢獄裏頭呢？如果世間眞有美底牢獄，像你所說，那麼，我們不過是造成那牢獄底一沙一石罷了。』

『我底意思就是聽其自然，連這一沙一石也毋須留存。孔雀何爲自己修飾羽毛呢？芰荷何嘗把他底花染紅了呢？』

『所以說他們沒有美感！我告訴你，你自己也早已把你底牢獄建築好了。』

『胡說！我何曾？』

你心中不是有許多好的想像；不是要照你底好理想去行事麼？你所有底，是不是從古人曾經建築過底牢獄裏檢出其中底殘片！或是在自己的世界取出來底材你還料呢?自然要加上一點人爲才能有意思.若是我底形狀和荒古時候的人一樣,你還愛我嗎?我準敢說,你若不好好地住在你底牢獄裏頭,且不時時把牢獄底牆垣壘得高高地,我也不能愛你.』

剛愎的男子,你何嘗佩服女子底話?你不過會說,『就是你會說話!等我思想一會兒,再與你決戰.』

補破衣底老婦人

她坐在簷前，微微的雨絲飄搖下來，多半聚在她臉龐底皺紋上頭。她一點也不理會，儘管收拾她底筐子。

在她底筐子裏有很美麗的零剪綢緞；也有很粗陋的麻頭、布尾。她從沒有理會雨絲在她頭、面、身體之上亂撲；只提防着筐裏那些好看的材料沾濕了。

那邊來了兩個小弟兄。也許他們是學校回來。小弟弟管叫她做「衣服底外科醫生；」現在見她坐在簷前，就叫了一聲。

她抬起頭來，望着這兩個孩子笑了一笑。那臉上底皺紋雖皺得更厲害，然而生底痛苦可以從那裏擠出許多，更能表明她是一個享樂天年底老婆子。

小弟弟說：『醫生，你只用筐裏底材料在別人底衣服上，怎麽自己底衣服却不管了？你看你肩脖補底那一塊又該掉下來了。』

老婆子摩一摩自己底肩膀，果然隨手取下一塊小方布來。她笑着對小弟弟說，『你底眼睛實在精明！我這塊原沒有用線縫住；因爲早晨忙着要出來，只用漿子暫時糊着，盼望晚上回去彌補；不提防雨絲替我揭起來了！……這揭得也不錯。我，既如你所說，是一個衣服底外科醫生，那麼，我是不怕自己底衣服害病底。』

她仍是整理筐裏底零亂綢緞，沒理會雨絲零落在她身上。

哥哥說：『我看爸爸底手冊裏夾着許多的零亂文件；他也是像你一樣：不時地翻來翻去。他……』

弟弟插嘴說：『他也是另一樣的外科醫生。』

老婆子把眼光射在他們身上，說，『哥兒們，你們說得對了。你們底爸爸愛惜小冊裏底零碎文件，也和我愛惜筐裏底零亂綢緞一般。他湊合多少地方底好意思；等用得着時，就把他們編連起來，成爲一種新的理解。所不同底，就是他用底頭腦；我用底只是指頭便了。你們叫他做……』

說到這里，父親從裏面出來，問起事由，便點頭說，『老婆子，你底話很中肯要。我們所爲，原就和你一樣，東搜西羅，無非是些綢頭、布尾，只配用來補補破衲襖罷了。』

父親說完就下了石階，要在微雨中到葡萄園裏，看看他底葡萄長芽了沒有。這里孩子們還和老婆子爭論着要號他們底爸爸做什麽樣醫生。

光底死

光離開他底母親去到無量無邊，一切生命世界上。因爲他走底時候臉上常帶着很憂鬱的容貌，所以一切能思維、能造作底靈體也和他表同情；一見他，都低着頭容他走過去；甚至帶着淚眼避開他。

光因此更煩悶了。他走得越遠，力量越不足；最後，他躺下了。他躺下底地方，正在這塊大地。在他旁邊有幾位聰明的天文家互相議論說，『太陽底光，快要無所附麗了，因爲她冷死底時期一天近似一天了。』

光垂着頭，低聲訴說，『唉，諸大智者，你們爲何淨在我母親和我身上擔憂？你們豈不明白我是爲饒益你們而來麼？你們從沒有我面前做過我曾爲你們做底事。你們沒有接納我，也沒有……』

他母親在很遠的地方，見他躺在那里嘆息，就叫他回去說，『我底命兒，我所愛底你回來罷。我一天一天任你自由地離開我，原是爲衆生底益處，他們既不承受，你何妨回來？』

光回答說：『母親我不能回去了。因爲我走遍了一切世界，遇見一切能思維，能造作底靈體，到現在還沒有一句話能夠對你回報底。不但如此，這里還有人正咒詛我們哪！我那有面目回去呢？我就安息在這里罷。』

他底母親聽見這話，一種幽沈的顏色早已現在臉上。他從地上慢慢走到海邊，帶着自己底身體、威力，一分一釐地浸入水裏。母親也跟着暈過去了。

再會

靠窗櫺坐着那位老人家是一位航海者，剛從海外歸來底。他和蕭老太太是少年時代底朋友，彼此離別了那麽些年，然而他們會面時，直像忘了當中經過底日子。現在他們正談起少年時代底舊話。

『蔚明哥，你不是二十歲底時候出海底麽？』她屈着自己底指頭，數了一數才用那雙被閱歷染濁了底眼睛看着她底朋友說，『呀，四十五年就像我現在數着指頭一樣地過去了！』

老人家把手捋一捋鬍子，很得意地說：『可不是！……記得我到你家辭行那一天，你正在園裏飼你那隻小鹿；我站在你身邊一棵正開着花底枇杷樹下。花香和你頭上底油香雜竄入我底鼻中。當時，我底別緒也不曉得要從那里說起；但你只低頭撫着小鹿。我想你那時也不能多說什麽，你竟然先問一句「要等到什麽時候我們再能相見呢?」我就慢答道,「毋須多少時候.」那時,你……」

老太太截着說,『那時候底光景我也記得很清楚.當你說這句底時候,我不是說「要等再相見時,除非是黑墨有洗得白底時節.」哈哈!你去時那縷漆黑的頭髮現在豈不是已被海水洗白了麽?』

老人家摩摩自己底頭頂,說,『對啦!這也算應驗哪!可惜我總不着芳哥,他過去多少年了?』

『唉,久了!你看我已經抱過四個孫兒了.』她說時,看着窗外幾個孩子在瓜棚下玩,就指着那最高的孩子說,『你看鼎兒已經十二歲了,他公公就在他彌月後去世底.』

他們談話時,丫頭端了一盤牡蠣煎餅來.老太太舉手讓着蔚明哥說,『我定知道你底嗜好還沒有改變,所以特地爲你做這東西,

『你記得我們少時,你母親有一天做這樣的餅給我們喫.你拿一塊,喫完了才

嫌餅裏底牡蠣少，助料也不如我底多，鬧着要把我底餅搶去。當時，你母親說了一句話，教我常常憶起，就是「好孩子，算了罷。助料都是擱在一起滲勻底。做底時候，誰有工夫把分量細細去分配呢？這自然是免不了有些多，有些少底；只要餡底氣味好就夠了。你所喫底原不定就是爲你做底，可是你已經喫過，就不能再要了。」蔚明哥，你說末了這話多麽感動我呢！拿這個來比我們底境遇罷。境遇雖然一個一個排列在面前，容我們有機會選擇，有人選得好，有人選得歹，可是選定以後，就不能再選了。』

老人家拿起餅來喫，慢慢地說，『對啦！你看我這一生淨在海面生活，生活極其簡單，不像你這麽繁複，然而我還是像當時喫那餅一樣——也就飽了。』

『我想我老是多得便宜。我底「境遇底餅」雖然多一些助料，也許好喫一些，但是我底飽足是和你一樣底。』

談舊事是多麽開心底事！看這光景，他們像要把少年時代底事迹一一回溯一遍似地。但外面底孩子們不曉得因什麽事鬧起來，老太太先出去做判官；這里留着

登山會圖

一位饑餓的航海者靜靜地坐着喫他底餅。

橋邊

我們住底地方就在桃溪溪畔。夾岸徧是桃林桃實、桃葉映入水中，更顯出溪邊底靜謐。眞想不到倉皇出走底人還能享受這明媚的景色！我們日日在林下遊玩；有時踱過溪橋，到朋友底蔗園裏找新生的甘蔗吃。

這一天，我們又要到蔗園去，剛踱過橋，便見阿芳——蔗園底小主人——很憂鬱地坐在橋下。

『阿芳哥，起來領我們到你園裏去。』他舉起頭來，望了我們一眼，也沒有說什麼。

我哥哥說：『阿芳，你不是說你一到水邊就把一切的煩悶都洗掉了嗎？你不是說，你是水邊底蜻蜓麼？你看歇在水莊花上那隻蜻蜓比你怎樣？』

『不錯。然而今天就是我第一次底憂悶。』

我們都下到岸邊，圍繞住他，要打聽這回事。他說：『方才紅兒掉在水裏了！』紅兒是他底腹婚妻，天天都和他在一塊兒玩底。我們聽了他這話，都驚訝得很。哥哥說：『那麽，你還能在這里悶坐着嗎？還不趕緊去叫人來？』

『我一回去，我媽心裏底憂鬱怕也要一顆一顆地結出來，像桃實一樣了。我寧可獨自在此憂傷，不忍使我媽媽知道。』

我底哥哥不等說完，一股氣就跑到紅兒家裏。這里阿芳還在皺着眉頭，我也眼巴巴地望着他，一聲也不響。

『誰掉在水裏啦？』

我一聽，是紅兒底聲音，速回頭一望，果然哥哥攜着紅兒來了！她笑瞇瞇地走到芳哥跟前，芳哥像很驚訝地望着她很久，他才出聲說，『你底話不靈了麽？方才我貪着要到水邊看看我底影兒，把他擱在樹枒上，不留神輕風一搖，把他搖落水裏，他隨着流水往下流去；我回頭要抱他，他已不在了。』

紅兒才知道掉在水裏底是她所贈與底小囝.她曾對阿芳說那小囝也叫紅兒,若是把他丟了,便是丟了她.所以芳哥這麽謹愼看護着.

芳哥實在以紅兒所說底話是千眞萬眞的,看个天底光景,可就教他懷疑了.他說:『哦,你底話也是不準的!我這時才知道丟了你底東西不算丟了你,眞把你丟了才算.』

我哥哥對紅兒說:『無意的話倒能教人深信:芳哥對你底信念頭一次就在無意中給你打破了.』

紅兒也不着急,只優游地說,『信念算什麽?要眞相知才有用哪.……也好,我藉着這個就知道他了.我們還是到蕉園去罷.』

我們一同到蕉園去,芳哥方才的憂鬱也和糖汁一同吞下去了.

頭髮

這村裏底大道今天忽然點綴了許多好看的樹葉，一直達到村外底麻栗林邊。村裏底人，男男女女都穿得很整齊，像舉行什麼大節期一樣。但六月間沒有重要的節期，婚禮也用不着這麼張羅，到底是爲甚事？

那邊底男子們都唱着他們底歌，女子也都和着。我只靜靜地站在一邊看。

一隊兵押着一個壯年的比丘從大道那頭進前。村裏底人見他來了，歌唱得更大聲。婦人們都把頭髮披下來，爭着跪在道傍，把頭髮鋪在道中？從遠一望，直像整匹底黑練攤在那里。那位比丘從容地從衆女人底頭髮上走過；後面底男子們都嚷着，『可讚美的孔雀旗呀！』

他們這一嚷就把我提醒了。這不是倡自治底孟法師入獄底日子嗎？我心裏這樣猜，趕到他離村裏底大道遠了，才轉過籬笆底西邊。剛一拐彎，便遇着一個少女摩着自己底頭髮，很懊惱地站在那里。我問她說，『小姑娘，你站在此地，爲你們底大師傷心麼？』

『固然。但是我還咒咀我底頭髮爲什麽偏生短了，不能攤在地上，敎大師脚下底塵土留下些少在上頭。你說今日村裏底衆女子，那一個不比我榮幸呢？』

『這有什麽榮幸？若你有心恭敬你底國土和你底大師就夠了。』

『咦！靜藏在心裏底恭敬是不夠底。』

『那麽，等他出獄底時候，你底頭髮就夠長了。』

女孩子聽了，非常喜歡，至於跳起來說，『得先生這一祝福，我底頭髮在那時定能比別人長些。多謝了！』

她跳着從籬笆對面底流連子園去了。我從西邊一直走，到那蔴栗林邊。那里底土很溼，大師底脚印和兵士底鞋印在上頭印得很分明。

疲倦的母親

那邊一個孩子靠近車窗坐着：遠山，近水，一幅一幅，次第嵌入窗戶，射到他底眼中。他手畫着，口中還咿咿啞啞地唱些沒字曲。

在他身邊坐着一個中年婦人，去着頭瞌睡。孩子轉過臉來，搖了她幾下，說，「媽媽，你看看，外面那座山很像我家門前底呢。」

母親舉起頭來，把眼略睜一睜；沒有出聲，又支着頤睡去。

過一會，孩子又搖她，說，「媽媽，『不要睡罷，看睡出病來了。』你且睜一睜眼看看外面八哥和牛打架呢。」

母親把眼略略睜開，輕輕打了孩子一下；沒有做聲，又支着頤睡去。

孩子鼓着腮，很不高興。但過一會，他又唱起來了。

「媽媽，聽我唱歌罷。」孩子對着她說了，又搖她幾下。

母親帶着不喜歡的樣子說，『你鬧什麼？我都見過，都聽過，都知道了，你不知道我很疲乏，不容我歇一下麼？』

孩子說：『我們是一起出來底：怎麼我還頂精神，你就疲乏起來？難道大人不如孩子麼？』

車還在深林平疇之間穿行着．車中底人，除那孩子和一二個旅客以外，少有不像他母親那麼鼾睡底．

處女的恐怖

深沈院落，靜到極地；雖然我底腳步走在細草之上，還能驚動那伏在綠叢裏底蜻蜓。我每次來到庭前，不是聽見投壺底音響，便是聞得四絃底顫動；今天，連窗上鐵馬底輕撞聲也沒有了！

我心裏想着這時候小坡必定在裏頭和人下圍棋；於是輕輕走着，也不聲張，就進入屋裏。出乎主人底意想，跑去站在他後頭，等他驀然發覺，豈不是很有趣？但我輕揭簾子進去時，並不見小坡，只見他底妹子伏在書案上假寐。我更不好聲張，還從原處蹑出來。

走不遠，方才被驚底蜻蜓就用那碧玉琢成底一千隻眼瞧着我。一見我來，他又鼓起雲母的翅膀飛得颯颯作響。可是破岑寂底，還是屋裏大踏大步底聲音。我心知道小坡底妹子醒了，看見院裏有客，緊緊要迴避，所以不敢回頭觀望，讓她安然走入內衙.

『四爺,四爺,我們太爺請你進來坐.』 我聽得是玉笙底聲音,回頭便說.『我已經進去了;太爺不在屋裏.』

『太爺隨即出來,請到屋裏一候.』 她揭開簾子讓我進去.果然他底妹子不在了!丫頭剛走到衙內院子底光景,便有一股柔和而帶笑的聲音送到我耳邊說,『外面伺候底人一個也沒有;好在是西衙底四爺,若是生客,教人怎樣進退?』

『來底無論生熟,都是朋友,又怕什麼?』 我認得這是玉笙回答她小姐底話語.

『女子怎能不怕男人,敢獨自一人和他們應酬麽?』

『我又何嘗不是女子?你不怕,也就沒有什麽.』

我才知道她並不曾睡去,不過迴避不及,裝成那樣底.我走近案邊,看見一把畫未成底紈扇擱在上頭.正要坐下,小坡便進來了.

『老四,失迎了.舍妹跑進去,才知道你來.』

『豈敢，豈敢。請原諒我底莽撞。』我拿起紈扇問道，『這是令妹寫底？』

『是。她方才就在這里寫畫。筆法有什麼缺點，還求指教。』

『指教倒不敢；總之，這把扇是我檢得底，是沒有主底，我要帶他回去。』我搖着扇子這樣說。

『這不是我底東西，不干我事。我叫她出來與你當面交涉。』小坡笑着向簾子那邊叫，『九妹，老四要把你底扇子拿去了！』

他妹子從裏面出來；我忙趨前幾步——陪笑，行禮。我說：『請饒恕我方才底唐突。』她沒做聲，儘管笑着。我接着說，『令兄應許把這扇送給我了。』

小坡搶着說，『不！我只說你們可以直接交涉。』

她還是笑着，沒有做聲。

我說：『請九姑娘就案一揮，把這畫完成了，我好立刻帶走。』

但她仍不做聲。她哥哥不耐煩，促她說，『到底是允許人家是不允許，儘管說，害什麼怕？』妹子盯了他一眼，說，『人家就是這麼害怕嘔。』她對我說，『這是不成東西底，若是要，我改天再奉上。』

我速速說，『夠了，我不要更好的了。你既然應許，就將這一把賜給我罷。』於是她仍舊坐在案邊，用丹青來染那紈扇。我們都在一邊看她運筆。小坡笑着對妹子說，『現在可不怕人了。』

『當然。』她含笑對着哥哥。自這聲音發出以後，屋裏，庭外，都非常沈寂；窗前也沒有鐵馬底輕撞聲。所能聽見底只有畫筆在筆洗裏撥水底微響和顏色在扇上底運行聲。

我想

我想什麼?

我心裏本有一條達到極樂園地底路,從前曾被那女人走過底,現在那人不在了,這條路不但是荒蕪,並且被野草、閒花、棘枝、繞藤佔據得找不出來了!

我計久就想着這條路,不單是開給她走底她不在,我豈不能獨自來往?

但是野草、閒花這樣美麗、香甜,我怎捨得把他們去掉呢?棘枝、繞藤又那樣橫逆、蔓延,我手裏又沒有器械,怎敢惹他們呢?我想獨自在那路上徘徊,總沒有實行底日子.

日子一久,我連那條路底方向也忘了.我只能日日跑到路口那個小池底岸邊靜坐,在那里悵望,和沈思那草掩、藤封底道途.

狂風一吹，野花亂墜，池中錦魚道是好餌來了，爭着上來唼喋。我所想底，也浮在水面被魚喋入口裏；復幻成泡沫吐出來，仍舊浮囘空中。

魚還是活活潑潑地游；路又不肯自己開了；我更不能把所想底撇在一邊。呀！我定睛望着上下游泳底錦魚；我底囘想也隨着上下游蕩，

呀，女人！你現在成爲我「記憶底池」中底錦魚了。你有時浮上來，使我得以看見你；有時沈下去，使我費神猜想你是在某片落葉底下！或某塊沙石之間，

但是那條路底方向我早忘了，我只能每日坐在池邊，盼望你能從水底浮上來。

鄉曲底狂言

在城市住久了，每要害起村莊底相思病來。我喜歡到村莊去，不單是貪玩那不染塵垢底山水；並且愛和村裏底人攀談。我常想着到村裏聽莊稼人說兩句愚拙的話語，勝過在都邑裏領受那些智者底高談大論。

這日，我們又跑到村裏拜訪耕田底隆哥。他是這小村底長者，自己耕着幾畝地，還藝一所菜園。他底生活倒是可以羨慕底。他知道我們不願意在他矮陋的茅茨裏，就讓我們到籬外底瓜棚底下坐坐。

橫空底長虹從前山底凹處吐出來，七色底影印在清潭底水面。我們正凝神看着，蓦然聽得隆哥好像對着別人說，『冲那邊走罷，這里有人。』

『我也是人，爲何這里就走不得？』我們轉過臉來，那人已站在我們跟前。那人一見我們，應行底禮，他也懂得。我們問過他底姓名，請他坐。隆哥看見這樣，也就不做聲了。

我們看他不像平常人；但他有什麼毛病，我們也無從說起。他對我們說，『自從我囘來，村裏底人不曉得當我做個什麼？我想我並沒有壞意思，我也不打人，也不叫人吃虧，也不占人便宜，怎麼他們就這般地欺負我——連路也不許我走？』

和我同來底朋友問隆哥說，『他底職業是什麼？』隆哥還沒作聲，他便說，『我有事做，我是有職業底人。』說着便從口袋裏掏出一本小摺子來，對我底朋友說，『我是做買賣底。我做了許久了，這本摺子裏所記底帳不曉得是人該我底，還是我該人底，我也記不清楚，請你給我看看。』他把摺子遞給我底朋友，我們一同看，原來是同治年間底廢摺！我們忍不住大笑起來，隆哥也笑了。

隆哥怕他招笑話，想法子把他哄走。我們問起他底來歷，隆哥說他從少在天津做買賣，許久沒有消息，前幾天剛囘來底。我們才知道他是村裏新囘來底一個狂人。隆哥說，『怎麼一個好好的人到城市裏就變成一個瘋子囘來？我聽見人家說城裏有什麼瘋人院，是造就這種瘋子底。你們住在城裏，可知道有沒有這回事？』

我回答說，『笑話！瘋人院是人瘋了才到裏邊去；並不是把好好的人送到那里教瘋了放出來底。』

『既然如此，爲何他不到瘋人院裏住，反跑回來，到處搔擾？』

『那我可不知道了。』我回答時，我底朋友同時對他說，『我們也是瘋人爲何不到瘋人院裏住？』

隆哥很詫異地問，『什麼？』

我底朋友對我說，『我這話，你說對不對？認眞說起來，我們何嘗不狂？要是方才那人才不狂呢。我們心裏想什麼，口又不敢說，手也不敢動，只會裝出一副臉孔；倒不如他想說什麼便說什麼，想做什麼就做什麼，那分誠實，是我們做不到底。我們若想起我們那些受拘束而顯出來底動作，比起他那眞誠的自由行動，豈不是我們倒成了狂人？這樣看來，我們才瘋，他並不瘋。』

隆哥不耐煩地說：『今天我們都發狂了，說那個幹什麼？我們談別的罷。』

瓜棚底下閒談，不覺把印在水面長虹驚跑了。隆哥底兒子趕着一對白鵝向潭邊來。我底精神又貫注在那純淨的家禽身上。鵝見着水也就發狂了。他們互叫了兩聲，便拍着翅膀趨入水裏，把靜明的鏡面踏破。

生

我底生活好像一棵龍舌蘭，一葉一葉，慢慢地長起來。某一片葉在一個時期曾被那美麗的昆蟲做過巢穴；某一片葉曾被小鳥們歇在上頭歌唱過。現在那些葉子都落掉了！只有瘢楞的痕迹留在榦上。人也忘了某葉某葉曾經顯過底樣子；那些葉子曾經歷過底事迹惟有龍舌蘭自己可以記憶得來，可是他不能說給別人知道。

我底生活好像我手裏這管笛子。他在竹林裏長着底時候，許多好鳥歌唱給他聽；許多猛獸長嘯給他聽；甚至天中底風雨雷電都不時教給他發音底方法。

他長大了，一切教師所教底都納入他底記憶裏。然而他身中仍是空空洞洞，沒有什麽。

做樂器者把他截下來，開幾個氣孔，擱在脣邊一吹，他從前學底都吐露出來了。

公理戰勝

那晚上要舉行戰勝紀念第一次底典禮，不曾嘗過戰苦底人們爭着要嘗一嘗戰後底甘味。式場前頭底人，未到七點鐘，早就擠滿了。

那邊一個聲音說，『你也來了！你可是爲慶賀公理戰勝來底？』這邊隨着回答道，『我只來瞧熱鬧，管他公理戰勝不戰勝。』

在我耳邊恍惚有一個說話帶鄉下土腔底說，『一個洋皇上生日倒比什麽都熱鬧！』

我底朋友笑了。

我鄭重地對他說，『你聽這愚拙的話，倒很入理。』

『我也信——若說戰神是洋皇帝底話。』

人聲，樂聲，鑰聲，和等等雜響混在一處，幾乎把我們底耳鼓震裂了。我底朋友說：

「你看，那邊預備放煙花了，我們過去看看罷。」

我們遠遠站着看那紅黃藍白諸色火花次第地冒上來。『這眞好，這眞好！』許多人都是這樣頌揚。但這是不是頌揚公理戰勝？

旁邊有一個人說，『你這燦爛的烟花，何嘗不是地獄底火燄？若是眞有個地獄，我想其中的火燄也是這般好看。』

我底朋友低聲對我說，『對呀，這烟花豈不是從紀念戰死底人而來底？戰死底苦我們沒有嘗到，由戰死而顯出來底地獄火燄我們倒看見了。』

我說：『所以我們今晚的來，不是要趁熱鬧，乃是要憑弔那班愚昧可憐的犧牲者。』

談論儘管談論，烟花還是一樣地放。我們底聲音常是淪沒在騰沸的人海裏。

面具

人面原不如那紙製底面具喲!你看那紅的,黑的,白的,青的,喜笑的,悲哀的,目眦怒得欲裂底面容,無論你怎樣褒奬,怎樣棄嫌,他們一點也不改變.紅的還是紅,白的還是白;目眦欲裂底還是目眦欲裂.

人面呢?顏色比那紙製底小玩意兒好而且活動,帶着生氣.可是你褒奬他底時候,他雖是很高興,臉上却裝出很不願意底樣子;你指摘他底時候,他雖是懊惱,臉上偏要顯出勇於納言底顏色.

人面到底是靠不住呀!我們要學面具,但不要戴他,因爲面具後頭應當讓他空着才好.

落花生

我們屋後有半畝隙地。母親說：『讓他荒蕪着怪可惜，既然你們那麼愛吃花生，就闢來做花生園罷。』我們幾姊弟和幾個小丫頭都很喜歡——買種底買種，動土底動土，灌園底灌園；過不了幾個月，居然收穫了！

媽媽說：『今晚我們可以做一個收穫節，也請你們爹爹來嘗嘗我們底新花生，如何？』我們都答應了。母親把花生做成好幾樣底食品，還吩咐這節期要在園裏底茅亭舉行。

那晚上底天色不大好，可是爹爹也到來，實在很難得！爹爹說：『你們愛吃花生麼？』

我們都爭着答應，『愛！』

『誰能把花生底好處說出來？』

姊姊說：『花生底氣味很美，』

哥哥說『花生可以製油。』

我說『無論何等人都可以用賤價買他來吃；都喜歡吃他。這就是他底好處。』

爹爹說：『花生底用處固然很多；但有一樣是很可貴的。這小小的豆不像那好看的蘋果、桃子、石榴，把他們底果實懸在枝上，鮮紅嫩綠的顏色，令人一望而發生羨慕底心。他只把果子埋在地底，等到成熟，才容人把他挖出來。你們偶然看見一棵花生瑟縮地長在地上，不能立刻辨出他有沒有果實，非得等到你接觸他才能知道。』

我們都說：『是的。』母親也點點頭。爹爹接下去說：『所以你們要像花生，因爲他是有用的，不是偉大、好看的東西。』我說：『那麼，人要做有用的人，不要做偉大、體面的人了。』爹爹說：『這是我對於你們底希望。』

我們談到夜闌才散，所有花生食品雖然沒有了，然而父親底話現在還印在我心版上。

別話

素輝病得很重，離她停息底時候不過是十二個時辰了。她丈夫坐在一邊，一手支頤，一手把着病人底手臂，寧靜而懇摯的眼光都注在他妻子底面上。

黃昏底微光一分一分地消失，幸而房裏都是白的東西，眼睛不至於失了他們底辨別力。屋裏底靜默，早已佈滿了死底氣色，看護婦又不進來，她底脚步聲只在門外輕輕地踝過去，好像告訴屋裏底人說，『生命底步履不望這里來，離這里漸次遠了。』

强烈的電光忽然從玻璃泡裏底金絲發出來。光底淚把那病人底眼瞼冲開。丈夫見她這樣，就回復他底希望，懇摯地說，『你——你醒過來了!』

素輝好像沒聽見這話，眼望着他，只說別的。她說：『曖，珠兒底父親，在這時候，你爲什麽不帶她來見見我。』

『明天帶她來。』

屋裏又沈嘿了許久。

『珠兒底父親哪，因爲我身體輭弱，多病底緣故，教你犧牲許多光陰來看顧我，還阻礙你許多比服事我更要緊的事。我實在對你不起。我底身體實不容我……。』

『不要緊的，服事你也是我應當做底事。』

她笑。但白的被窩中所顯出來底笑容並不是歡樂底標識。她說：『我很對不住你，因爲我不曾爲我們生下一個男兒。』

『那里底話！女孩子更好。我愛女的。』

淒涼中底喜悅把素輝身中預備要走底魂攞回來。她底精神似乎比前强些，一聽丈夫那麼說就接着道，『女的本不足愛；你看許多人——連你——爲女人惹下多少煩惱！……不過是——人要懂得怎樣愛女人，才能懂得怎樣愛智慧。不會愛或拒絕愛女人底，縱然他沒有煩惱，他是萬靈中最愚蠢的人。珠兒底父親，珠兒底父親哪，你佩服這話麼？』

這時，就是我們——旁邊底人——也不能爲珠兒底父親想出一句答辭。

『我離開你以後，切不要因爲我！就一輩子過那鰥夫底生活。你必要爲我底緣故，依我方才的話愛別的女人。』她說到這里把那雙幾乎動不得底右手舉起來，向枕邊摸索。

『你要什麼？我替你找。』

『戒指。』

丈夫把她底手扶下來，輕輕在她枕邊摸出一隻玉戒指來遞給她。

『珠兒底父親，這戒指雖不是我們訂婚用底，卻是你給我底；你可以存起來，以後再給珠兒底母親，表明我和她底連屬。除此以外，不要把我底東西給她，恐怕你要當她是我；不要把我們底舊話說給她聽，恐怕她要因你底話就生出差別心，說你愛死的婦人甚於愛生的妻子。』她把戒指輕輕地套在丈夫左手底無名指上。丈夫隨着扶她底手與他底臂邊略一接觸。妻子對於這番厚意，只用微微睜開底眼睛看着他。除掉這樣的回報，她實在不能表現什麼。

丈夫說：『我應當爲你做底事，都對你說過了。我再說一句，無論如何，我永久愛你。』

『唉，再過幾時，你就要把我底屍體扔在荒野中了！雖然我不常住在我底身體內，可是人一離開，再等到什麼時候，在什麼地方才能互通我們戀愛底消息呢？若說我們將要住在天堂底話，我想我也永無再遇見你底日子，因爲我們底天堂不一樣。你所要住底，必不是我現在要去底。何況我還不配住在天堂？我雖不信你底神，我可信你所信底眞理。縱然眞理有能力，也不爲我們這小小的緣故就永遠把我們結在一塊。珍重罷，不要愛我於離別之後。』

丈夫既不能說什麼話，屋裏只可讓死的靜寂佔有了。樓底下恍惚敲了七下底自鳴鐘。他爲尊重醫院底規則，就立起來握着素輝底手說，『我底命，再見罷，七點鐘了.」

「你不要走,我還和你談話,」

「明天我早一點來,你累了,歇歇罷.」

「你總不聽我底話.」她把眼睛閉了,顯出很不願意底樣子.丈夫無奈,又停住片時,但她實在累了,只管躺着,也沒有什麼話說.

丈夫輕輕躡出去.一到樓口,那腳步又退後走,不肯下去.他又躡回來,悄悄到素輝牀邊,見她顯着昏睡的形態,枯澀的淚點滴不下來,只掛在眼瞼之間.

愛流汐漲

月兒底步履已踏過牠家底東牆了。孩子在院裏已等了許久，一看見上半弧底光剛射過牆頭，便忙忙跑到屋裏叫道，『爹爹，月兒上來了，出來給我燃香罷。』

屋裏坐着一個中年的男子，他底心負了無量的愁悶。外面底月亮雖然還像去年那麽圓滿，那麽光明，可是他對於月亮底情緒就大不如去年了。當孩子進來叫他底時候，他就起來，勉强回答說，『寶璜，今晚上不必拜月，我們到院裏對着月光喫些果品，回頭再出去看看別人底熱鬧。』

孩子一聽見要出去看熱鬧，更喜得了不得。他說：『爲什麽今晚上不拈香呢？記得從前是媽媽點給我底。』

父親沒有回答他。但孩子底話很多，問得父親越發傷心了。他對着孩子不甚說話，只有向月不歇地嘆息。

『爹爹今晚上不舒服麽?爲何氣喘得那麽厲害?』

父親說:『是,我今晚上病了.你不是要出去看熱鬧麽?可以教素雲姐帶你去,我不能去了.』

素雲是一個年長底丫頭,主人底心思、性地,她本十分明白,所以家裏無論大小事幾乎是她一人主持.她帶寶璜出門,到河邊看看船上和岸上各樣底燈色;便中就告訴孩子說,『你爹爹今晚不舒服了,我們得早一點囘去才是.』

孩子說:『爹爹白天還好好地,爲何晚上就害起病來?』

『唉,你記不得後天是媽媽底百日嗎?』

『什麽是媽媽底百日?』

『媽媽死掉,到後天是一百天底工夫.』

孩子實在不能理會那「一百日」底深密意思,素雲只得說,『夜深了,咱們囘家去罷.』

素雲和孩子囘來底時候，父親已經躺在牀上，見他們囘來，就說，『你們囘來了。』她跑到牀前囘答說，『二舍，我們囘來了。晚上大哥兒可以和我同睡，我招呼他，好不好？』

父親說：『不必。你還是睡你底罷。你把他安置好，就可以去歇息，這里沒有什麼事。』

這個七歲底孩子就睡在離父親不遠底一張小牀上。外頭底鼓樂聲，和樹梢底月影，把孩子嬲得不能睡覺。在睡眠底時候，父親本有命令，不許說話；所以孩子只得默聽着，不敢發出什麼聲音。

樂聲遠了，在近處底雜響中，最激刺孩子底，就是從父親那里發出來底潑泣聲。在孩子底思想裏，大人是不會哭底。所以他很詫異地問，『爹爹，你怕黑麼？大貓要來咬你麼？你哭什麼？』他說着就要起來，因爲他也怕大貓。

父親阻止他，說，『爹爹今晚上不舒服，沒有別的事。不許起來。』

『噯，爹爹明明哭了！我每哭底時候，爹爹說我底聲音像河裏水聲彔潧彔潧地響；現在爹爹底聲音也和那個一樣。呀，爹爹；爹爹別哭了。爹爹一哭，教寶璜怎能睡覺呢？』

孩子越說越多，弄得父親底心緒更亂。他不能用什麼話來對付孩子，只說，『璜兒，我不是說過，在睡覺時不許說話麼？你再說時，爹爹就不疼你了。好好地睡罷。』

孩子只覆說一句，『爹爹要哭，教人怎樣睡得着呢？』以後他就靜默了。

這晚上底催眠歌，就是父親底抽噎聲。不久，孩子也因着這聲就發出微細的鼾息；屋裏只有些雜響伴着父親發出哀音。

图书在版编目（CIP）数据

空山灵雨 / 落华生著. -- 天津：百花文艺出版社，2020.4(2024.1重印)
(现代文学名著原版珍藏. 第三辑)
ISBN 978-7-5306-7839-8

Ⅰ. ①空… Ⅱ. ①落… Ⅲ. ①散文集-中国-现代
Ⅳ. ①I266

中国版本图书馆 CIP 数据核字(2020)第 062166 号

空山灵雨

KONGSHAN LINGYU

落华生 著

选题策划：唐冠群　　**美术编辑**：张振洪
责任编辑：马　畅
出版发行：百花文艺出版社
地址：天津市和平区西康路 35 号　**邮编**：300051
电话传真：+86-22-23332651（发行部）
+86-22-23332656（总编室）
+86-22-23332478（邮购部）
网址：http://www.baihuawenyi.com
印刷：宝蕾元仁浩（天津）印刷有限公司
开本：787×1092 毫米　1/32
字数：44 千字
印张：4
版次：2020 年 4 月第 1 版
印次：2024 年 1 月第 5 次印刷
定价：20.00元

如有印装质量问题，请与宝蕾元仁浩（天津）印刷有限公司联系调换
地址：北京朝阳区西坝河南路6号西座102室
电话：(010) 84498866 邮编：100028